숨죽이며 기다리는 결정적 순간

박병원 시집

서정시학 시인선 203

서정시학

잠들었던 고요의 수면

붓질 시작하는 바람

파르르 떠는 물 위로 얼비친 숲 그림자

사실에서 추상으로 탈을 바꾸는 순간

찰나를 잡아채는 카메라 셔터 소리

들뜬 가슴 다독이며 낚아 올리는 아우라

—「바람의 붓질」 전문

서정시학 시인선 203

숨죽이며 기다리는 결정적 순간

박병원 시집

서정시학

시인의 말

퇴임 후 저는
천안 태조산 좌불상 밑에서
텃밭을 가꾸며
흙의 향기를,
농막에서 서예와 문인화로
먹의 향기를,
각원사를 카메라에 담으며
빛의 향기를,
떠오르는 시상을 시로 옮기며
문자의 향기를 피우며
삶을 이어가고 있습니다.
숨죽이며 기다리는 결정적 순간
낚아 올린 아우라로
이 시집을 엮습니다.

차 례

4부 어지러운 세태 속

1부

매운맛을 위하여

고추, 너에게
지지대를 세워주는 건
내 어깨를 내어주는 일

태생부터 혼자 살아가기 힘든 너
불어나는 몸집에 비해 약한 뿌리
걸핏하면 쓰러지기 일쑤

내 어깨 짚고 꿋꿋하게 버티다
빨갛게 익어 불끈 서는 날
얼얼한 맛으로 내게 안겨 올 터

역겹게 돌아가는 이 느끼한 세상
매운맛으로 독하게 마음 다잡고
굳세게 버티라는 게지

주고받으며 함께 살아가는 이 세상
매운맛 제값 하는 밤을 기다리며
나, 땀으로 샤워한다.

볕과 바람의 길을 트다

겨울로 접어들어 알몸 되고 나서야
또렷하게 드러나는 대봉감 나무
제멋대로 뻗은 가지, 일그러진 몸매

하늘로 웃자라 현기증 앓는 가지들
서로 얽히고설켜 싸움질 일삼다가
상처투성이로 남은 가지들까지

볕, 바람 그리고 내 손길
어루만져 줄 틈새 열어 주지 않았으니
잦은 병치레로 낭패 보았던 가을걷이

자연 냉각 마취에 겨울잠을 든 나무들
통증 없는 집도 기회 놓칠까 두려워
작심하고 팔 걷어붙인 외과용 전지가위

얽힌 가지는 사회적 거리 두게 하고
교만한 웃자람은 가차 없이 잘라내니

하늘보다 땅, 그리고 내게로 다소곳해지는 몸매

볕과 바람의 길 트인 대봉감 나무, 그제야
햇살 에너지 충전으로 밝아지는 표정
몹쓸 바이러스, 바람의 등 타고 줄행랑친다

볼 붉은 대봉 맞이할 설렘으로
수술 끝낸 전지가위,
저만치 비켜서서 숨 고르는 중.

텃밭 불침번

올무를 놓은 것도,
엽총을 쏘는 것도 아니잖아
들어와선 안 될 곳이니
뜻 접어달라고 빛을 쏘는 것일 뿐

뭐 눈이 부서 앞을 볼 수 없다고?
너무 야박하다고?
네 얼굴에 물을 끼얹기라도 했니?
소금을 뿌리기라도 했니?

그동안 네가 한 짓은 다 잊었어
텃밭에 친 그물망 울타리
어둠 틈타 이빨로 끊고, 밀어붙이고
땅 파고 쳐들어와 텃밭 가족 해코지했던

고구마 농사 쑥대밭 만들고
밑동 잘라 쓰러뜨린 뒤
그 많은 옥수수 몽땅 해치웠잖아

머리도 좋더라, 멧돼지 바로 네놈은

참다못해 울타리 위에 올라앉은 난,
낮에 들이마신 햇빛 에너지로, 이 밤
깜빡이 내뿜는 태양광 경광등
눈에 불을 켜고 텃밭 지키는

엄나무 울타리

날카로운 가시로 온몸 완전 무장
위엄 뽐내며 내 텃밭 에워싼 너

예부터 귀신과 돌림병 비켜 간다고 해
마을 어귀에 보호수로 심기도 하고
가지 꺾어 대문 위에 걸어두기도 했던

지난해 온 동네 탄저병 휩쓸 때도
붉은 고추 쏠쏠하게 거둬들일 수 있었던 건
아마도 잘 지켜준 네 덕 아니었을까?

엄나무 순은 쌉싸래한 맛에 진한 향
살짝 데쳐내 초고추장 찍어 입에 넣자
잃었던 입맛 되찾게 되고

사포닌 듬뿍 담긴 푸른 새순
갖가지 염증과 간 질환까지 다스리는
온몸이 항균물질로 넘쳐나는 너

적을 공격하기보다 자신을 지키기 위해
억센 가시로 막기만 하는 수비수
내 건강과 텃밭 지키는 든든한 파수꾼

꺾일 줄 모르는 코로나 불안 속
네가 친 울타리 안에 갇히고 싶다.

되돌려받기 쑥스러워

숨죽인 바람, 수면마취에 걸린 나뭇잎
쏟아붓는 빗줄기, 이어지는 고요,
뭔가 불길한 조짐, 태풍 전야

한반도를 집어삼킬 듯 몰아닥친 힌남노
사람이, 차가 날아갈 정도의 초특급 태풍
불안 공포 곱으로 부풀려지는

여차하면 텃밭 비닐하우스
제물로 날려 보낼 각오
하지만 하우스 안에 갈무리해 둔
참깨며 단호박은 물론 붉은 고추는
농막 창고로 긴급대피

경주 포항을 할퀸 뒤
동해로 빠져나갔다는 뉴스 특보
날 밝자 서둘러 달려가 본 텃밭
멀쩡하게 서 있는 비닐하우스

고맙기 그지없지만
되돌려받기 어찌 이리 쑥스러운지
재해로 아파하는 이웃들이 눈에 선해

환경미화원

참깨꼬투리 벌어져 씨방이 쏟아졌다
서둘러 깨를 베는데 내 뒤따라붙어
쫓아도 날아가지 않고 떨어진 참깨를
나보다 먼저 시식하는 비둘기

땀방울 귀하게 영근 알알인데
맥없이 땅에 떨어져 구실도 못 하고
사라졌을 텐데……

비둘기 환경미화원 있을 리 없고
베다 버리고 털다 버리고
먹지도 못하고 버려지는 것을
너라도 쪼아 먹으니 고맙기 그지없이
내 마음까지 보태 던져주니

빈 꼬투리에 새까지
바람인 듯 나비인 듯 날아와
샅샅이 주워 먹고 간다.

건들장마

햇살 삐죽 빗발 찔끔
약 올리는 건들장마

애써 가꾼 붉은 고추
파고드는 고약한 습진

태양초 못 만들면
저 물건 어디에 쓸꼬

멧돼지 신세 톡톡히

고구마밭을 초토화하더니
이빨로 키 큰 옥수수 밑동 잘라 쓰러트린 뒤
알갱이만 해치우고 쑥대밭 만든 멧돼지들

요즘 들어 칡 냄새에 홀려
텃밭 이곳저곳 마구 뒤지고 있다
밭둑에 선 전신주 타고 올라
흐르는 전기 숨통 조이는 칡넝쿨도
그냥 두지 않는다

노다지를 만난 것처럼
칡뿌리 채굴 중인 멧돼지
소형 굴착기로 파낸 듯, 움푹 파였다
뿌리 도둑맞은 칡넝쿨, 고엽제에 피폭된 듯
말라비틀어진다

그제야
뒤엉켰던 울타리 바람이 통하고

줄지어 선 엄나무들 숨통 트인다
옥죄던 전신주 감전 꼬투리 사라지니
환해지는 농막

지난 앙금 조금씩 풀면서
멧돼지 신세 톡톡히 지고 있는
태조산* 골짜기 내 텃밭

---

* 태조산 : 충남 천안시 소재 해발 421m의 산 고려 태조가 머물렀다고 하
  여 붙여진 이름이라고 함.

눈살을 기다리며
— 석류

새빨간 구슬
반쯤 찢어진 몸속
알알이 영근

얼마나 기다림에 사무쳐
속이 터졌으면 저리도
부끄럼 없이 속살 드러내고 있을까

자석보다 더 강한 당김으로
침샘 솟구치게 하는
매혹적인 유혹의 과녁

입 안 가득 고인 군침 삼켜가며
서로 뒤질까 시샘 속
눈살 날려 보내는 궁사들

X10* 꿰뚫는 빼어난 그 눈살

---

* X10 : 엑스텐. 양궁에서 10점 과녁. 그중에서도 지름 6.1㎝의 정중앙 표적.

애타게 기다리는

홍조 띤 석류의 뜨거운 가슴

뽕밭 속에선
— 오디

바람이 틈을 낸 뽕잎 사이로
파고드는 뜨거운 눈길
그 눈길 수줍어 홍조 띤 아름다움
흠모의 간절함, 영글고 영글어
진보라 요염한 자태 뽐내는 오디

가림막 되어주는 뽕잎 그늘 속
은은한 향기 따라 몰래 숨어들어
농익은 입술 위로 포개는 또 한 입술
새콤달콤 입맛 당기는 몽글몽글한 과즙
입 안 가득 유영하는 사랑의 유액

얼마나 감미로웠으면
저리도 서툰 입맞춤일까
입술과 뺨, 목덜미와 앞섶까지
시치미 떼려야 뗄 수 없이
또렷하게 새겨진 자줏빛 입술 문신

뽕잎처럼 짙푸르던 날 그녀와의 입맞춤
세월이 흐른 뒤에야 알게 되었지
내 안에 안토시아닌* 잉태되었다는 사실
그때 그 기억 잊을 수가 없어
텃밭에 오디나무를 심는다.

---

* 안토시아닌 anthocyanin : 꽃이나 과일 등에 주로 포함되어 있는 색소, 수
  소 이온 농도에 따라 빨간색, 보라색, 파란색 등을 띤다. 안토시아닌은 항
  산화 효과로 주목받는 물질

눈개승마 무침

눈을 뚫고 싹 틔운 눈개승마
봄바람 타고 쑥쑥 자라더니
저녁상에 올라 군침 돌게 한다

한 젓가락 입으로 가져오자
두릅 맛, 인삼 맛, 고기 맛이 나는 삼나물
아삭아삭 씹히는 또 다른 쾌감까지

불면 날아갈 듯 여리디여린 것이
텃밭 가족이 된 지 다섯 해째
이젠 몸집도 커지고 달린 식구도 늘어났다

한 뼘 정도 자란 순을 꺾어
끓는 소금물에 살짝 데쳐 숨죽인 뒤
갖은 양념 넣고 조물조물 버무린 나물무침

코로나 팬데믹 속, 바닥으로 처진 내 몸
사포닌, 베타카로틴, 단백질 그리고

칼슘과 철분 건네주며 면역력 키우라는 게지

저녁상에 올라앉아
기지개를 켜는 봄,
내 안에 기氣 불어넣고 있다.

하는 짓이 다 탈

대봉감 나무밭 웃자란 풀숲
아늑하게 둥지 튼 고라니

청보리밭 깔아뭉갠 듯
사랑의 흔적 남겨놓았다
누가 이를 탓하랴만

생김새와는 딴 판
바로 옆 텃밭 식구 넘보며 해코지하는
그 얄미운 짓은 분명 탈
귀여움의 탈을 쓰고도

하긴, 밭 가운데 풀이 제멋대로
춤추도록 자리 깔아준 나도
탈이라면 탈

너나 나나
탈냈다면 탈탈 털어야지

큰 탈 내는 정치꾼이나
재벌들에 비하면
우리 탈은 탈 축에도 못 낄 거야.

떨켜

나무는 알고 있었나 보다
잎새 짙푸르던 그때 이미
메마른 겨울 혹한이 오면
몸 안에 지닌 물은 가두고
수분을 헤프게 빨아들이는 잎은
떨궈야만 살아남는다는 것을

가지에서 잎자루로 이어지는
통로에 켜켜이 쌓인 부름켜
몸 안에서 빠져나가는 수분을 막으며
알록달록 치장하는 이파리
팽팽하게 날을 세우며
한껏 제 세상 뽐내다가도
마음 풀어 스스로 추락하는
이렇듯 미련 없이 떨어져 나가는
저 아름다운 이별의 몸가짐

헤어지며 입은 상처 난 자리

바이러스 차단용 마스크는 쓰되
철철이 겹쳐 입은 옷 벗어 던진 알몸
겨울 볕 쬐며 엄동을 나는 지혜

너야말로
내 삶을 이끄는 화두가 된다.

청결미

쑥고개 넘어 지리산 다랑논

맑은 물 신선한 공기
높은 일교차
논매는 투우 새우, 우렁이, 미꾸라지
벼잎에 뛰노는 메뚜기
알알이 영근 지리산 메뚜기 쌀

어제 받은 청결미 택배
오늘 아침상 윤기 좌르르
한 술 입으로 가져가자
반찬이 뒤따라붙기도 전에
목으로 술술 넘어가는 밥알들

드디어 내 내장도 청정 구역

참깨밭에서

아침부터 윙윙대는 꿀벌 날갯짓
참깨꽃 문 열라고 홀리는 소리

음성인식 기능 설정되었는지
종처럼 매달린 우윳빛 참깨꽃
기다렸다는 듯 통문을 열어준다

요염하게 열린 입술 문양의 유혹
꿀샘 찾아 합방하러 들더니
암술과 수술 씨받이 성사시킨다

영그는 꼬투리마다
여든 개가 넘는 알알
몸 섞기 한 번에 흐뭇한 일상이
고소하게 쏟아진다

농사를 접을 수 없는 건
바로 이 맛 때문

물꼬

새벽같이 농부는 논에 나가
물꼬 먼저 보고 와서 아침을 든다

벼 포기가 목이 타는지? 드는 물꼬를,
물에 잠겨 허우적대지나 않는지? 나는 물꼬를,
돌보기에 때 놓치는 법 없이
벼 익을 무렵까지 물 가둬두는 농부는 없다
벼가 익지 않는다는 걸 알기에

세상살이 목이 타고 숨이 막혀도,
헤어날 길 찾지 못해 외치며 두드려도,
삶의 피돌기 멈추려 하는데
물꼬 트는 황금시간대 놓치고만 있으니
눈 돌리고 귀 막고 입엔 빗장까지

우리 삶의 물꼬 돌보겠다고 나선 자들
제 몫 챙기는 데 만 눈의 물꼬 트지 말고
물꼬 터 모두를 살리는 우리 농부,

본本으로 삼아 보는 건 어떻는지?
농자천하지대본農者天下之大本이라 했는데

자리만 꿰차고 뒷북만 치는 꼴 보고 있자니
정작 닫아야 할 건 내 눈의 물꼬

비 올 낌새 보이지 않네

오는가 싶더니 저만치 가고 있는 봄
때를 놓치면 농사는 물 건너가는데
씨앗 넣지 못해 애가 탄다

자꾸만 길어지는 봄 가뭄
목이 타들어 가는 텃밭
시퍼렇게 멍들어 가는 농심
봄씨앗 포근하게 품어 줄
촉촉한 흙 가슴은 언제쯤에나

구름이라도 끼어야 비 내릴 텐데
뿌연 미세먼지만
온 천지를 덮고 있다
끼었다 하면 비 내리는
외상하지 않는 구름은 언제쯤에나

식수원마저 바닥나면
생명의 물씨 목에 넣지 못할 텐데
지구 열 받게는 하지 말아야지

노란 수박

텃밭에서 딴
진녹색 수박 한 통

식칼로 갈라치자
꽉 찬 금빛 속살
눈이 부신다

먹기 좋게 썰어놓으니
어린 손자
"야! 색깔 이쁘다
눈으로 먹어요" 한다

쏟아지는 시어詩語, 얼른
박 속으로 쓸어 담아
함께 먹는 눈들

나, 미처 생각지도 못한 시어
손자 입에서 쏟아진다.

2부

각원사 범종 소리

아침에 스물여덟 번, 저녁에 서른세 번
끊일 듯 이어지는 일깨움의 저 종소리
장엄하게 울려 퍼지는 밝고 맑은 법음法音,
사자후를 토하는 큰스님 설법처럼

지혜의 싹 틔우려는 불자들
마음 밭 종이 삼아 종소리 사경寫經한다
절 아래 연못, 먹이 다툼하던 왜가리들도
긴 부리 붓 삼아 수면에 따라 적는다

태조산 범종루에서 목청 열어 펼친 긴 세월
하루도 거르는 일 없는 성스러운 큰 울림
괴로움 떨쳐내고 깨우침 간절한 불자들
귀 밝게 열라는 각원사覺願寺* 범종梵鐘 소리

---

* 각원사 : 충남 천안시 태조산 소재 불교 조계종 사찰.

푸른 솔바람 길

청송사에서 성불사 지나
각원사 청동 대불에 이르는
태조산 푸른 솔바람 길

늘어선 소나무들 기지개에
출렁이는 물결 타고 이는 솔바람
그 바람에 피어오르는 맑은 향

솔향 피우는 바람 소리
어서 오라 손짓하고
산새들 정겨운 지저귐도 날 반기는 듯

악성 바이러스 소용돌이치는 잿빛 공간
허겁지겁 쫓기듯 달려온 삶의 무게
잠시 내려놓고 솔바람에 날려 보내라며

바람결 타고 오는 산사의 풍경 소리
한 발 한 발 나를 찾아가는 길

느림의 멋 부리며 에움길을 걷는다

미움과 시샘의 숨 막히는 도가니 속
찌든 숨길 트고 닦는
태조산 푸른 솔바람 길

낙숫물 소리

각원사 설법전 기와지붕 위
소복 내려앉은 간밤의 첫눈

겨울 날씨답잖은 한낮
쨍하게 내리쬐는 햇볕
수키와에서부터 골진 암키와로
눈을 녹인다

추녀 끝에 흘러내린 눈 물
한 치 두려운 기색 없이
바닥으로 몸을 던지는 알알들
바위라도 뚫겠다*는 듯

추녀 밑, 바닥에 부딪히는
낙숫물 소리,
감로법甘露法** 설說하는

---

* 수적석천水滴石穿 : "물방울이 돌에 떨어져 구멍을 뚫는다"는 채근담 구.
** 감로법 : 부처의 교법, 즉 불법佛法을 비유적으로 표현한 것

마음 밭 가는 소리

깨어있는 귀들
설법전 뜰로 모여든다.

윤슬 1

천안 태조산 절골저수지

날렵한 바람, 물 찬 제비처럼
수면 위를 스치고 지나가자
평상심 잃고 일렁이는 잔물결

그 물결 내려다보며
애무하던 햇살
그만 물 위에 내려앉아 한 몸이 된다

수면에 반짝이는 윤슬
온통 은빛 물비늘 가득

윤슬 2

은빛 물비늘
말없이 지켜보던
카메라의 눈

조리갯값을 조이고
노출 어둡게 설정

찰칵! 셔터를 누르자
대낮임에도 밤하늘처럼
검게 표정 바꾼 수면

현란하게 반짝이는 뭇 별
건져 올린 아우라

별, 그것은
밤하늘뿐 아니라
대낮 저수지에서도 빛을 토한다

잣죽 세 발우

잣죽 맛에 빨려든 숟가락 놀림
호흡 빨라지더니
단숨에 세 발우*
거뜬하게 비우신 큰스님

공양 마친 다음
일어서다 말고
풀썩 주저앉으며 굴리는
법法의 수레바퀴

"죽만 먹고는 못 사는 법
죽은 죽이네"

과식해 몸이 무거워
못 일어서면서
죽 탓하시네.

---

* 발우鉢盂 : 절에서 쓰는 승려들의 공양 그릇.

윤회

피거나 지거나 오로지
낳아준 나무만 위하는
저 잎새

피어나선
에너지를 생산하는
태양전지판처럼
빛을 받아 나무에
생명줄 이어 주는

떨어져선
그 자리 떨켜 되어
새는 젖줄 막아주고,
잘 썩은 거름으로 탈바꿈
이듬해 우듬지로 다시 피어오르는

나고 죽음 따로 없는
불생불멸不生不滅하는
저 잎새

명줄

육이오 때, 마을은 인민군에 점령당했고
피난길에 오르지 못한 우리 가족
숨소리 한 번 제대로 내지 못하는
포로 아닌 포로의 신세
명줄만 잡고 있었던 불안과 공포

그렇게 석 달 버티고, 추석날 해 질 무렵
마을을 사이에 두고 벌어진
국군과 인민군 간의 전투
빗발치는 총탄을 비껴가며 겨우
방공호 속으로 몸만 피신한 처지

뒷산 요새에서 버티는 인민군을 상대로
잃었던 땅을 되찾으려는 국군
하늘에선 제트기, 바다에선 군함,
땅에선 박격포와 야포가 펼치는 육해공작전
불꽃 튀는 전투가 이어지던 사흘째 되던 날

쌍방 간 총성이 멎는 듯하더니 갑자기 꽝!
채 1m도 안 되는 거리에서 터진 수류탄
호 입구에 막아 둔 큰 보리 짚단 뭉치를 박살 내고
나왓! 소리와 함께 밀어닥친 총구들
생사는 방아쇠 조이는 1cm도 안 되는 거리

머뭇거리면 끝나버리는 절체절명의 순간
번개처럼 총구 싸잡고 뛰쳐나가는 아버지
피난 못 간 가족들 피신해 있었다는 아버지의 외침
적군의 잠복으로 오인했다는 국군의 해명
고생했다는 위로에 한없이 뜨거워지는 눈시울

불안과 공포의 붉은 장막이 걷히고
아군의 승리로 막을 내린 동부전선 울진 탈환전
삶과 죽음의 경계를 넘어선 아버지의 용단
오늘의 내 명줄 이어 준 고귀한 선물
길이 대물림되어야 할 정신적 자산.

아버지의 호주머니

잔칫집 다녀오시는 아버지 호주머니 불룩한 걸 보면
입 쫑긋 열리는 어린 우리 4남매

잔칫상에 오른 떡과 과일 그밖에 마른 음식들,
자식 생각해 챙겨온 호주머니였기에

그 시절, 구멍가게 하나 없었던 우리 동네
군것질할 걸 사 먹는다는 건 생각조차 할 수 없었던 일
아버지 품어 온 잔칫상 음식, 군것질거리론 안성맞춤

어디 그뿐이었을까
가족 명줄 잇게 된 건 모두 아버지 호주머니에서 비롯된 것
덕분에 우린, 두 날개 힘 길러 활짝 펼 수 있었던 거지

오늘 아버지 기일
이제 자식 걱정일랑 접으시고 지난날 안 드신 것, 맘껏
드시라며
제상 앞에 머리 숙이고 있다

둥지의 새끼들 벌린 부리 안으로 물어 온 먹이 넣어주는 어미 새,

그 정경 저마다 머릿속에 그리며

불타는 채색 물감

산은 세속을 떠나려 하지 않아서인가*
자연의 이치를 터득하고 하산하는 가을

속리산 천왕봉에서 발원
장각폭포를 곤두박질치며 내려오더니
옥빛 용소에 와락 안긴다 귀향이라도 한 듯

용을 쓰며 용틀임하는 가을
용광로처럼 끓어오르는 붉은 용소

흘러가는 물감 못내 아쉬운 화가
그의 화실 폴더에 다른 이름으로 저장
파일명「불타는 채색 물감」JPEG

가을로 가득 채워진 넉넉한 화실
사위어가는 불길 다시 살려내는

---

* 道不遠人 人遠道
　山非離俗 俗離山
바르고 참된 도(道)는 인간을 멀리하지 않는데, 인간은 그 도(道)를 멀리하려 든다.
산은 세속을 떠나려 하지 않는데, 세속은 산을 떠나려 한다.(최치원의 시)

쓰고 난 대야

먼 길 떠나기에 앞서 아버지가 아들에게 "쓰고 난 대야
는 깨끗이 부셔놓도록 해라. 다음 사람을 위해. 그게 너일
수도" 이건 가훈일 수도 있겠고, 행여 그 아버지 돌아오지
못하게 된다면 유언일 수도 있는, 비록 사소해 보이지만
액자 속 덕목이 틀을 박차고 나와 손에 잡히는 간절함이
담긴 큰 당부.

물그림자

좌불상 백팔 계단 밑 작은 연못, 하늘과 경계 긋는 날렵한 능선이 빼어난 다리 맵시 뽐내는 나무와 흘러가던 몇 점의 조각구름까지 못 속으로 뛰어들어 선방禪房 꾸린다

이른 새벽, 바람이 잠든 수면 위로 한 치 일그러짐 없이 뛰어든 선객禪客, 정직을 못 속에 드리운 체 미동도 하지 않고 면벽 참선 중이다 비록 물구나무를 서긴 했지만

수면에 붓질 시작하는 잠 깬 바람을 타고 올라와 너울너울 일렁이는 얼비친 물그림자, 신바람 나게 펼치는 홍타령 춤판 한 철 공부 끝내고 만행萬行 길에 오른 듯 신들린 바람 붓에 온전히 몸 맡기고 탈바꿈하는 순간

찰나를 잡아채는 카메라 셔터 소리, 여명을 깨우며 낚아 올리는 대어, 비로소 예술 문턱으로 한 발 다가선다.

바람의 붓질

잠들었던 고요의 수면
붓질 시작하는 바람
파르르 떠는 물 위로 얼비친 숲 그림자

사실에서 추상으로 탈을 바꾸는 순간
찰나를 잡아채는 카메라 셔터 소리
들뜬 가슴 다독이며 낚아 올리는 아우라

새벽안개

천 년을 흘러온 길손처럼
신라고도 경주 삼릉 솔숲으로
밀려드는 새벽안개

수치스런 비사는 감춰주고
화려했던 정사는 밝혀주기라도 하듯
얽히고설킨 가시덤불 가려주고 있다

포토제닉한 소나무 등걸 도드라지자
순간을 놓칠세라 터지는
카메라 셔터 소리, 여명을 깨운다

세월의 쓰린 아픔
드러내기 싫은 상처
포근히 감싸 안는 삼릉 솔숲 새벽 손님

바위, 꽃 피우다

빛에너지가 중매를 서고
비바람 눈보라와 긴 세월 몸을 섞은 바위

맨 돌에 달라붙어 헛뿌리로 끼니 잇고
생명의 끈 키워 온 오래된 이끼 무리
묵언으로 정진 중인 바위에 꽃 피운다

꽃이 잎이요 잎이 꽃인 민꽃식물
잎과 줄기, 암술 수술 분별이 되지 않는
농담도 조화로운 자연이 빚은 붓 그림

벽화를 건 듯 꽃돗자리를 깐 듯
바위가 지어 입은 천년의 옷
세월의 입김이 피운 불후의 웃음꽃

난 지금 우울한 이웃 어루만질
한 송이 웃음꽃 피우고 있는지

잠자는 연

살짝 찢어진 치마폭 틈새로
드러나는 요염한 자태

생명의 끈 비록 흙탕물 속에 내렸으나
잎과 꽃은 물 위에 뜬 요정

햇살이 창을 열면 꽃잎 깨어났다가도
그 창 닫히면 이내 꽃잎 접어버리는
밤이 되면 잠자는 연, 수련睡蓮

수면에 납작 엎드려 몸 낮췄으니
바람맞을 일도 바람피울 일도 없겠다

오로지 해를 따라 자고 깨는
넌 분명 햇볕 바라기

3부

망양정望洋亭에 오르니

태백산 뻗어 내린 동쪽 바닷가

바다 굽어보는 야트막한 동산 위

관동제일루 울진 망양정*

파도 소리 장단 맞춰

누각 편액에서 흘러나오는

송강의 관동별곡 대미

망양정 구절**

여명 밝아올 때면

저 멀리 독도와

아침 인사 주고받고

거친 파도 요동칠 때면

---

* 관동제일루 울진 망양정 : 조선 숙종이 망양정은 관동팔경 중 가장 아름다
운 누각이라 하여 내린 편액에서 유래.

** 관동별곡 대미 망양정 구절 : "하늘 끝을 내내 못 보아 망양정에 오르니,
바다 밖은 하늘이니, 하늘 밖은 무엇인가? 가득 성난 고래를 누가 놀래게
하기에, 불 거니 뿜거니 어지럽게 구는 것인가? 은산을 꺾어내어 온 세상
에 내리는 듯, 오월의 드높은 하늘에 백설은 무슨 일인가? 잠깐 사이에 밤
이 되어 풍랑이 가라앉거늘, 해 뜨는 곳 가까이서 밝은 달을 기다리니, 상
서로운 달빛이 보이는 듯 숨는구나."

귀 쫑긋 세우고
동해 심장 진단하는

솟는 해, 뜨는 달
한 가슴으로 품어 안고
마칼바람 된새바람
타고 이는 성난 파랑
오로지 맨몸으로 달래기까지

해와 파도 벗 삼아
걸어온 해파랑길***
누각에 올라
맺힌 땀 훔치며 동해를 굽어보니

살아 꿈틀대는 푸른 바다

*** 해파랑길 : 동해의 상징인 '떠오르는 해'와 푸른 바다색인 '파랑', '~와 함
께'라는 조사 '랑'을 조합한 합성어로, 떠오르는 해와 푸른 바다를 바라보며
파도 소리 벗 삼아 함께 걷는 동해안 길.(문체부 공모 선정)

안기고 싶은 드넓은 품

뻥 뚫어주는 답답했던 가슴

삿된 욕심까지 내려놓게 한다.

은어는 모천母川으로 돌아가는데

돌개울 맑은 물에만 사는
청류귀공자淸流貴公子
자태가 아름다운 수중군자水中君子
지난가을 동해로 내려가
겨울 난 뒤, 벚꽃 필 무렵
알에서 깨어났던 왕피천으로
다시 돌아가는 은어

백두대간 떠받히고 선 금강송 숲
솔향 흘러넘치는 불영계곡
종유석 울림 새어 나오는 성류굴
끝 모를 푸른 파도 굽어보는 망양정
은어 떼 거슬러 오르는 왕피천
해맞이 고장이 날 부르는 소리
귓가에서 보채고 있건만

이 세상 첫울음 터뜨린 곳
어릴 적 멱감고 물장구치며

파리낚시로 은어 낚아 올리던
개울가 양지바른 내 고향
나, 어찌하여 돌아가지 못하고
먼 하늘 가로 떠도는 구름 신세인가?
은어는 모천으로 돌아가는데

문어文魚

바다는 온통 푸른 화선지
큼지막한 대머리에 단 먹물통
세태 어지럽고 위태로울 때면
거침없이 내뿜는 먹물
민첩하게 휘두르는 붓놀림처럼

문어, 그래서 너를 두고
글깨나 쓸 줄 아는 똑똑한
선비의 물고기라 이름했던가?
잔칫상에 특별히 초대되는 까닭도
거기에 있었고?

껍질 벗겨내고 살짝 데친 다음
어슷하게 썬 흰 살점
초고추장에 찍어 입속으로 밀어 넣고
잘근잘근 씹을 때면
네가 읊는 글맛, 감미롭기 비길 데 없지

내 고향 울진 사람들
타향살이에서 치르는 잔칫상에까지
네가 빠지면 그 잔치 무효라고들 하니
귀티 나는 네 몸값
부럽기 그지없구나

서예가에겐 문방사우로
잔칫상엔 술안줏거리로
시인에겐 글감으로
찾는 이 그렇게 많은, 글 쓰는 고기
너야말로 죽어서도 이름값 날리고 있구나.

허리가 강단지다

뻗어 내리던 한반도의 큰 줄기
낙동정맥으로 이어지는 그곳
백두대간의 허리 감싸 안은
울진 소광리 금강소나무 군락지
바람 타고 넘실대는 녹색 물결
힘차게 주무른다 대간의 허리
그 연골 유연해질 때까지

조붓한 길 따라 솔향에 끌려 들어간 숲속
하늘 떠받치며 곧게 뻗은 붉은 기둥들
서로 시샘하며 대간의 허리 강단지게 한다
군락 이뤘지만, 또래끼리 다투는 일 없고
폭풍과 폭설 같은 괴롭힘 덜 받게
버릴 건 버리는 저들의 생존전략
고깔모를 쓴 듯 날씬한 몸매

숲속에 누워있는 금강소나무의 주검
붉고 누른 창자 드러낸 황장목黃腸木

촘촘한 나이테에 곧은 줄기와 마디
금강석처럼 나뭇결 단단하기만 하다
죽어서도 살아있는 저들
궁궐의 지붕 떠받치기도 했던 그 빼어남
울울창창한 겨레의 푸른 기상 오래거니

쑥대도 삼밭에서 자라면
누가 부축해 주지 않아도 똑바로 자라듯*
곧고 강단진 금강소나무 숲속
그들과 하나가 된 나
결리던 허리에 힘이 붙고 올곧아지는 몸매
탁함에 찌든 마음 어루만져주는 솔향
나도 저런 맑은 향 피워낼 수 있으려나.

---

* 봉생마중불부직蓬生麻中不扶直

배롱나무

앞다투며 펼치는
나무들의 봄꽃 잔치
함께 하지 못한 배롱나무
얼마나 열 받았으면
겉옷까지 벗어 버렸을까?

드러난 속살
살짝 스치기만 해도
간지럼 참지 못하고 흔들리며
토해내는 웃음소리
그래서 얻은 별명, 희롱나무

마냥 우쭐대던 꽃들
피는가 싶더니
이내 시들고 말았지만
여름 땡볕 아래
열꽃 피운 넌

석 달 열흘 동안

그 붉은 웃음 이어가는

명줄도 긴 너

백일홍→ 배기롱→ 배롱

이름도 매끈해진 배롱무

천안 삼거리 흥타령

능소와 선비*의 애틋한
사랑 이야기 전해 내려오는
삼남대로 분기점 천안 삼거리

능소의 버들 휘늘어지면
제멋에 겨운 사람들
흥타령 절로 신바람 타는 이거리

해마다 가을 이맘때면
나라 안팎에서 몰려든 춤꾼들
축 처진 우리네 지친 삶
신명 나는 춤사위로 흥 돋워주던 삼거리

올해는 지구촌 덮친 '코로나19'가
저 멀리 밀어내고 만
천안 삼거리 흥타령 춤 축제

---

* 천안 삼거리 설화에 나오는 삼거리 주막집 딸 능소와 과거 길에 주막에
마문 고부 출신 선비 박현수.

삼거리엔 본디 만남과 헤어짐,
기다림과 다시 가까워짐이
끊이지 않고 이어지는 곳

능수버들 가지 끝 맺힌 이슬방울
노려보는 개구리 몸을 낮추듯
오늘 우리 거리 두고 멀어지는 건
다시 가까워져 홍 돋우려는 간절한 움츠림

벙커의 빛 잔치

— 프랑스 몰입형 미디어아트 〈빛의 벙커 : 클림트〉를 보고

세상 밖으로 빛을 토하는 암흑의 벙커

햇볕 쬐기를 거부하던

한라산 동쪽 끝자락 숨겨졌던

통신 벙커가 펼치는 빛 잔치

축구장 절반 크기의 벙커 속

은은하게 밀려오는 관악의 합주

벽과 천장 그리고 바닥에까지

천의 색깔로 수놓는 그림들

빔프로젝터를 타고 펼쳐지는

구스타프 클림트의 현란한 붓놀림

때로는 느리게 때로는 빠르게

검은 화폭에 밝은 빛의 춤판 벌어진다

경건하게 울려 퍼지는 '탄호이저'의 서곡

현악기 선율과 트롬본의 장엄함이 어우러지자

풍만한 속살 드러내며

서로를 포개는 알몸

말러의 가곡이 하프 선율을 탈 땐
벙커 바닥으로 쏟아져 내리는 여인들
클림트의 대표작 '키스'가 빛을 토할 즈음
수줍게 붉은 볼들로 밝아지는 벙커 속

무늬에 홀려 그림을 듣는 듯
리듬에 취해 음악을 보는 듯
작품 속을 헤엄치던 나
채색 물감의 그물망에 온몸 사로잡히자
그림과 음악과 하나 되어 빛을 토한다.

안다미로

한라산 기슭
산굼부리에 안긴
맛집 안다미로

샤부샤부, 백숙, 녹두죽으로 이어지는
토종닭 코스 요리
굳이 더 달라는 주문이 필요 없는
양도 맛도 모두가 넘쳐나는
안다미로

하지만, 길손으로 붐벼야 할 시간
고요가 졸고 있는 넓은 주차장
여기저기 물구나무선 식탁 의자들
안팎 공간 모두가 썰렁한
안 안다미로

후한 인심 풍기는
순우리말 맛집 그 이름

고약한 침방울의 광란이
무색하게 만드는 안다미로

제주 밭담*

생명의 씨앗 가꿔온 화산섬 제주
삼킬 듯 몰려오는 바람 달래가며
걷어낸 돌, 밭 울타리로 쌓아온 사람들

구불구불 얼기설기 볼품없어 보이지만
돌과 돌 맞물린 이음새 사이
바람의 길을 턴 숭숭 뚫린 구멍들

그 작은 틈새로
굵고 센 바람 갈라쳐 힘을 뺀 다음
들이켜며 명줄 이어온 밭담

행여 틈 하나 없는 돌담으로
맞서 싸우기만 했었다면
사나운 바람에 살아남을 수 있었을까?

---

* 제주 밭담 : 2014년 FAO 세계중요농업유산(GIAHS)으로 등재. 총 길이 22,1
08km 추정.(지구 둘레 약 40,000km)

띠처럼 제주를 두른 아름다운 곡선들
형형색색 천으로 기운 듯한 수많은 밭뙈기
새가 된 카메라, 소중한 지혜의 유산 담는다.

달동네 박물관*

인천 도심에서 만수산 자락으로 쫓겨나
게딱지 같은 작은 둥지 틀고 산 사람들

두 사람이 비켜서기도 버거운
개미굴처럼 꼬불꼬불한 좁은 골목길
줄 서 앞 사람 재촉하며
아침을 열기도 했던 함께 쓰는 뒷간,
상처 난 판자 지붕 사이로 비친
밤하늘 달 벗 삼아 잠을 청했던,
수제비 끓이다 이웃 오면
물 더 붓고 숟가락 하나 더 얹었던,
한때 삼천 가구에 이른 가난한 사람들

그래도 산 밑 가진 자들을
눈 아래로 깔고 산다는
어깨 으쓱함도 있었을까?
들어서는 아파트단지에 밀려나

* 인천 동구 동인천역 뒤에 있는 수도국산 달동네 박물관.

흔적 없이 사라지게 된 달동네
솜틀집, 연탄 가게, 이발관,
만화방, 다방, 구멍가게, 뻥튀기 틀,
물지게, 석유 등잔 등
손때 묻은 그들의 흔적들

가난을 딛고 살아온 일개미들의
정겨운 웃음, 달동네 박물관에서 만나다.

안나푸르나 트레킹

이미 정상을 넘나드는 가쁜 숨
산 아래서 끌어당기는 강력한 자력
땀방울 쥐어짜는 울레리* 깔딱고개
깔딱 숨 넘어갈 듯 힘겨워 울고 싶다

돌아설 수도 멈추어 서도 안 되는
오로지 자기와의 싸움만
존재하는 외길

하지만, 거기
넓은 가슴 열고 부르는 설산이 있고
그 품에 안기고픈 간절함 있기에
오르고 또 오르는 몇 날 몇 밤

어둠을 삼킨 아침 햇살이
안나푸르나 설산에 불 지르는 찰라

---

* 울레리(Ulleri) : 네팔 안나푸르나 푼힐(Poon Hill)로 오르는 가파른 고개, 해
발 2,080m 지점.

뇌성을 토하는 카메라의 셔터 소리
화엄華嚴의 순간을 프레임 안에 담는다.

북극광 사냥

어두워야 출몰하는 북극광
도심의 밤, 인공광을 피해
멀리 외곽으로 빠져나간
한적한 아이슬란드 해변

설원과 유빙을 굽어보는 밤하늘
춤판 펼치는 선녀들의 날개옷
초록, 분홍, 보라의 현란한 춤사위
봉화처럼 치솟기도 하고
호弧와 띠로 변신하는 빛 무늬들

새벽 여신의 가슴 벅찬 황홀경
낯선 행성에 온 것처럼
우주를 거침없이 헤엄치는 나
조준선을 정렬하고 방아쇠를 당기듯
셔터 누르는 손, 긴장의 끈 조인다

보름 동안 세 차례나

프레임 안에 담은 값진 사냥감들
지구 저편까지 찾아가서
허탕만 치는 이들에 비하면
난, 운 좋은 사냥꾼

밤하늘 누비며 나래 펴는 빛의 향연
흥분 잠재우지 못하는 내 카메라
이리 뛰고 저리 뛰게 홀려
춤판으로 끌어들인다.

빌딩 울음 달래는 새들 웃음소리

섭씨 40도를 웃도는
사막의 도시 두바이 번화가
작열하는 땡볕에 지친
빌딩 숲과 달리는 차들의
자자한 마른 울음소리

호텔 2층 발코니 아담한 새의 정원
정열의 꽃 부겐빌레아
활짝 피운 분홍빛 이삭잎 속 하얀 웃음
정원으로 몰려든 새때들
지저귀는 노랫소리

바닷물 담수 먹고 자라는
꽃과 새들 웃음소리가
석유 먹고 자라는
빌딩과 차들 울음소리
삼키며 달래고 있다

물 한 방울 풀 한 포기 나지 않는 도시
마실 물과 푸른 새의 정원까지 가꾼 건
바닷물 담수화 플랜트* 덕분
이게 바로 우리 기업 작품이라니
어깨 으쓱 올라간다.

---

* 2004년 두산중공업이 아랍에미리트 두바이 인근 후자이라에 완공한 해수
담수화 플랜트(하루 150만 명이 사용 가능한 물 45만 톤 생산)

사탕수수 맛

검은 대륙으로부터 노예선에
실려 왔던 아버지
그의 한이 땀방울로 벤
레이니웅*섬 사탕수수밭

아버지의 한을 먹고 자란
노예 이세
지금은 어엿한 농장주로
검었던 가족사 밝게 쓰고 있다

그가 건네주는 사탕수수
씹을수록 맛이 쓰다
쓴맛 뒤에 풍기는 슬픔
후각을 파고든다

때늦은 감격의 붉은 울음

---

* 레이니웅 : '인도양의 프렌치 파라다이스'라 불리는 프랑스령 섬. 아프리카
남동부의 인도양 마다가스카르섬 동쪽에 있다.

한 맺힌 노예의 발자취가
목에 와서 걸린다.

아마도

— 흡스굴* 가는 길

가도 가도 끝 모르게 이어지는 몽골 푸른 초원

- 기사님, 목적지에 다 와 가나요?

- 아 마 도

도미솔 음계에 맞춘 짧은 대답

풀을 뜯는 양 떼를 뒤로하며 한참을 달려간 후, 다시

- 기사님, 아직 멀었나요?

- 아 마 도

- 다 와 간다더니 아직 멀었다니 말이 안 되잖아요?

- 아 마 도

이 말도 맞고 저 말도 맞는다는 식

어느 옛 선비의 일화를 생각하게 하는

부천의 면장갑공장에서 번 돈으로 푸르공**을 구입

살 만하게 되었다는 인상 좋은 운전기사

---

* 흡스굴 : 몽골 최북단에 있는 주로 주도는 무릉. 주 이름은 흡스굴호에서
유래.

** 푸르공(Purgon) : 세계에서 가장 오랫동안 생산된 단일세대 승합차(구소련
제). 사륜구동으로 힘이 좋은 차. 몽골초원을 누비는 데 최적.

그래서 한국 사람과 한국말을 좋아한다는 그,
함께 일한 한국 사람이 그의 의견을 존중해 준
그 말은 아마도 '아 마 도'가 아니었을까.

안식

안쓰럽다
쉴 틈 없이 혹사당하는 저 눈

스마트 폰과 컴퓨터, TV 속 헤엄치며
현란한 색의 유혹과 꼴불견까지
분별없이 담아내려다 지쳐버린 눈

접사와 망원렌즈로 번갈아 노려보지만
풀지 못하고 길게 이어지는 긴장과 피로
자꾸만 굳어 가는 두 눈의 모양체근毛樣體筋
열 받아 충혈된 아픔, 시린 눈물 쏟아낸다

환자 눈 위로하는 집도의의 녹색 수술복
지친 학생 눈 풀어주는 진녹색 칠판
스펙트럼의 가운데로 들어오는 녹색
세상 담아내는 소중한 창 어루만진다

저기 펼쳐진 녹색 자연

두 눈 활짝 열고 양껏 마시자
비로소 또렷해지는 초점

긴장 풀어지는 안식
안식하고 나면 안목 넓어진다.

누굴 탓하랴?

어렵사리 오더니
이리 서둘러 떠나다니

빛깔로, 향기로
맛만 살짝 보여주고
어지러이 흩날리는 꽃잎

누굴 약 올리려는 건지
뒤도 돌아보지 않고
저만치 달아나는 봄

얼어붙었던 마음
화사하게 풀리나 싶더니
그 기쁨 잠시뿐
다시 후덥지근한 속앓이

하긴, 가는 봄 탓만 해서야
탄소발자국 줄이기 게을리한
내 탓도 큰 것을

4부

틈

걱정일랑 접어, 틈이 생긴 건
이쪽저쪽으로 갈라친 게 아니라
너 들어올 수 있게끔 열려있는 거야

네 생각 내 생각 반죽해서
우리 함께 사는 법 뽑아내는
소통의 공간일 수 있는 거지

남의 말, 귀에 담으려고도 않고
독불장군처럼 벽만 쌓고
살아가서야 어디 쓰겠나?

틈은 갈라 터진 상처라기보다
모두를 품어 안기 위해 열려있는 귀,
굳이 막으려 애쓸 필요는 없지 않겠어.

바람의 공화국

바람이 잠들지 않는 나라가 있다
무슨 바람 불기에 이 야단들인가
까닭 없이 부는 바람 어디 있을까

알갱이 날려버리는 바람에 쭉정이 활개 치는,
이중 잣대 들이대는 바람에 공정이 물 건너가는,
정신 나간 바람 날뛰는 바람에 가슴 쓸어내리는,
순리가 맥 못 추는 바람에
제 모습 감추고 상처만 크게 남기는,

돈이면 안 될 게 없다는 바람에 뇌물 오가는,
관행이라 우기는 바람에 법망 비켜 가는,
개발정보 미리 알아채는 바람에 땅 투기하는,
집값 잡겠다고 세금 때리는 바람에
눈물 바람나게 하는, 그런 바람……

바람 불고 바람 잡고,
바람나고 바람들고,

바람피우고 바람맞는,
끝 모르게 꼬리 물고 이어지는
여기 바람이 잠들지 않는 공화국이 있다

혼절한 바람 피한다고 납작 엎드리고
마냥 기다리기만 해서는 신바람 올 리 만무
바람개비 들고 뛰어도 시원찮을 판인데
바람이 불지 않는다고 투덜대며
넋 놓고 그냥 서 있기만 하면 돌아가기나 할까

그래도 순리를 좇아 부는 바람 때문에
깃발 펄럭이며 순항도 이어지는 법
새싹 틔우는 생명의 바람 부는 바람에
결실 안기는 수확의 바람도 맞게 되는 법

바람이 꽃 피는 걸 시샘한 후에야
비로소 튼실한 열매 영글게 마련인 바람의 공화국

맛

식자재 다루는 손맛이
음식 맛 좌우하듯
점 찍는 손맛 따라
세상 맛도 달라지는 법

싼 맛이라고 눈맛 간 생선
잘못 맛보다가 속 뒤집히는 것처럼
잿밥에 맛 들인 맛 간 자인 줄도 모르고
점찍으면 세상은 쓰린 맛

부조리에 휘청이는 세상, 살맛 잃었다고
죽을 맛, 볼 수야 없지 않겠나?
쓴맛 단맛 다 맛본 처지에
이젠 따끔하게 매운맛 보여줘야지

늘 당하고만 있어야 맛이겠느냐
주인 된 참맛, 솜씨 것 뽐내며
살맛 나는 내일을 맛보아야지

그게 곧 올바른 우리네 눈맛도 되지 않겠나?

어디 입맛만 다신다고 맛이겠느냐
동그라미 안 점 복ㅏ*자로 손맛 보여줘야지
다시는 고양이에게
생선가겔 맡길 수야 없지 않겠어.

---

* 공직선거법 제159조 : 선거인이 투표용지에 기표하는 때에는 점 복ㅏ자가
각인된 기표 용구를 사용하여야 한다.

역보행

이건 전투대형

왕복 팔 차선 도로의 횡단보도
신호대기 중인 양측 모두
전 전선으로 넓혀 싸울 태세

붉은 신호가 녹색으로 바뀌자
대기하던 겹겹의 가로 행렬
한 판 붙어보겠다는 듯 돌진

어디 아수라장이 따로 있을까?
마치 육탄전을 방불케 하는
교차가 아슬아슬한 혼탁의 도가니
보도의 오른쪽은 건너는 이들의,
그 왼쪽은 건너오는 이들의 활로
하여, 양측 모두 왼쪽 진입은 역보행

때마침 하늘을 날아가던 기러기 떼가

보다 못해 코웃음 치며 혀를 차도
아랑곳하지 않는다

보고도 보지 못하는
바닥에 새겨진 우측보행 화살 표시
역주행 차와 다를 바 없는 아찔한 역보행

수렁에 빠져 허우적대는 모두의 안녕.

양념

매콤 상큼, 새콤달콤한 갖은양념
약 쓰듯 알맞게만 치면
떨어진 입맛, 잘도 돋우어 주는데
명줄 살리는 약은 어디 없을까?
양념의 발원지가 약념藥念이라 했기에

숙져 가는 낌새,
안개 속에 가려진 코로나19
멈춰버린 소중한 일상
우울, 불안, 무기력이 허우적대는 수렁
자꾸만 떨어지는 우리네 살맛

반찬 양념 시원치 않으면
밥맛 떨어지니 입안 괴롭고
역병 내칠 약념 만드는 일 늦어지면
숨 쉴 통로 막히니 코가 괴로워
입맛 살맛 못 찾으면 천지에 곡소리 날 판

비록 몸은 서로 가까이할 수 없다지만

마음의 줄, 팽팽하게 다잡고

너와 나 사이 관계의 끈 놓지 않는 건

그래도, 몰아닥치는 코로나 우울증 속

명줄 살리는 절절한 약념이며 입맛 돋우는 양념인 것을.

거미줄

제 발로 기어들어 와
내가 누군 줄 아냐고 허세 떨어도
빠져나갈 수 없는 법망

한 번 걸러들었다 하면
유전무죄 특급처방으로도
결코 녹여낼 수 없는 끈끈한 줄

눈곱만 한 초파리도
흥정거리조차 못 되는
허공의 분명한 저울질

올곧게 적용되는
숲속 세상 자연법
셈도 평등한 거미줄 법망

역지사지

코끼리 이미지를 모아 볼 양으로
시각장애인 몇 분에게 코끼리를 더듬게 한 다음
어떻게 생겼는지를 묻는다

이에 각기 다른 대답을 내놓는 그들

〈ㄱ〉 "네 개의 기둥이네요"----------

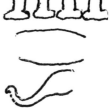

〈ㄴ〉 "큰 벽입니다" ------------------

〈ㄷ〉 "구렁이 같고요" ---------------

〈ㄹ〉 "두 개의 부채 같습니다" -----

〈ㅁ〉 "두 개의 뿔입니다" -----------

〈ㅂ〉 "말채찍 같습니다" -----------

그들의 대답이 끝날 때마다
당치 않는 대답이라며
모두 묵살해 버리는 진행자
코끼리 이미지 모을 소재
단 한 건도 건지지 못한다

하지만
볼 수 없는 그들의 입장 헤아려
모두 일리 있다며 받아들인다면
비슷한 코끼리 이미지를 얻게 되는 법

맹인평상盲人評象!

그것은, 말도 안 되는 편견이 아니라

입장 바꿔 생각하고 수용하면

중지 모으는 덴 더할 나위 없이

좋은 방법이 될 터

자기는 정직하다고

한잔하자는 말로 시작된 술자리
결코, 한 잔으로 끝나지는 않지
주고받다 보면, 잔 수도 차次 수도
길게 꼬리를 잇게 마련

"한잔하자"라는 말은
서로 부담 주지 않겠다는
애교 섞인 말이긴 하나
알고 보면 새까만 거짓말

모임에 초대되어 웃음꽃 피워주고
마시면 취하게 하는 것이
제 몫이라고 우쭐대는 술
자기는 거짓말을 하지 않는다고

거짓말의 도가 정도 끝인 애주가에겐
시상詩想까지 피어오르게 하지만
술 덤벙 물 덤벙 도 넘은 주정뱅이는

집어삼킬 수밖에 없다고 얼음장까지

지친 삶에 생기 불어넣다가도
제 비위 거스르기만 하면
그 기氣, 송두리째 앗아가겠다는 술
하지만, 자기는 정직하다고

천둥소리

잘못 씹은 삼겹살 한 점
벼락 맞은 앞니 두 대 와지끈
견딜 수 없게 욱신거려 뽑아냈다

저 봐라, 이빨 빠진 호랑이
"앞니 빠진 갈가지 앞 도랑에 가지 마라……."
놀려대는 아이들 노랫소리
거울 속에서 가만가만 흘러나온다

"헌 이 줄게 새 이 달라"
까치에게 은근 노래한들
젖니 빠진 것도 아닌데
슬픔도 그만 놀라고 창피도 그만
나를 다 지우고 지나가기도 해서
입과 입술을 뗄 수 없는 노릇

이가 빠져 드러난 텅 빈 흔적
임플란트 마무리될 그런 날 있기도 해서

울컥울컥한 바이러스 틈에 끼어
슬그머니 마스크 신세를 지는 수밖에

벗고 보여달래

건강검진서와 사진을 건넸다
침방울 막아줄 투명 가림막 사이로
그녀와의 만남이 이루어졌다

벗지도 않은 그녀가
수줍음도 없이, 마스크 벗은
내 얼굴 보여 달래
멈칫, 얇은 희열 느끼며 벗어주었지
"좋아요" 공식 답은
서면으로 할 테니 기다리란다

잠시 뒤, 날 부르는 소리
다가가니 그녀가 건네는
새 운전면허증!
뒷면엔 영문면허까지
오미크론이 제아무리 하늘길 막고 있어도
언젠간 해외에서 쓰게 될 날 올 터

삼 년 뒤 다시 만남 땐
벗은 그녀 보고 싶다
설렘과 기대 지갑 속에 넣고
시동을 건다.

최일선을 지키는 눈

바이러스 침방울 탄彈 빗발치는
눈에 잡히지 않는 생물학전
적들이 노리는 침투로는 세 군데,

코와 입은 방탄 마스크 뒤에 숨기라도 하지만
눈은 마땅한 엄폐물掩蔽物 하나 없이
최일선을 지켜야만 하는 초병

찡그린 눈, 부릅뜬 눈, 째려보는 눈
QR코드를 체크인하는 눈
바이러스 박멸 탄을 쏘아붙이는 눈
한 치 경계의 소홀함도 용납되지 않는 눈
전우의 사기를 다독이는 부드러운 눈
확진자가 줄고 고지가 점령될 때마다
함성 토하는 눈까지

어둠이 내려앉는 소강상태의 전선,
그 짧은 눈붙임 시간을 빼곤

한 땀 쉴 틈도 내지 못하는 눈

애처롭기 그지없는 팍팍한 삶에,
볼썽사나운 정치판 싸움에,
피곤하고 침침해지기만 한 눈
미세먼지 뒤덮인 뿌연 하늘 아래
좀비처럼 살아가는 눈

인류사에 그 유래를 찾기 힘든
이 큰 전쟁,
눈, 네가 바로 최일선을 지키는 첨병尖兵

나, 이 전쟁 끝나는 그 날, 북소리 크게 울리며
생물학전을 승리로 이끈 눈, 너에게
무공훈장을 수여해야겠다.

전봇대야

벌을 선 듯 차렷 자세로
잉잉대며 울고 섰구나
이 겨울 황량한 들판에서, 알몸으로
빛과 불의 선로 떠받치고 선 키다리
두 팔로 뜨거운 힘줄 이어 주면서도
온몸 저리 떨고 있다니

겨울바람이 매서워서일까?
전공의 감전사고, 곁에서 지켜봐서일까?
전선 땅에 묻는 시대에 태어났더라면
저리 떨며 벌설 일도 없으련만
시대 잘못 타고난 게 죄라면 죄

어둠 밝히고 힘의 원천 날라주며
정보 소통의 주역임에도
언제 보상 한번 받은 적 있었더냐?
시린 바람 휘몰아치는 저 들녘
옴짝달싹 못 하게 발이 묶여 있으니

한 곳에 모여 쟁의를 펼칠 수나 있었겠나?

길 잃고 헤매는 이들에게
번호 찰 달고 이정표까지 되어준 너
불편 모르고 살맛 찾게 된 나
감사의 올로 짠 옷감으로
이 겨울 너의 알몸 감싸주련다
부디 떨지도 울지도 마라, 전봇대야.

결정적 순간*

머리 위에서 조금 비켜선 태양
반직각으로 하늘을 향해
가파르게 솟은 좁고 긴 널빤지의 끝
한 발은 들고 외발로 서 있는 저 신사
황금 분할 구도의 결정적 순간이다

태양을 바라보며 임팩트하게
시선을 압도하는 저 검은 실루엣
날아오를 수도, 뛰어내릴 수도
그렇다고 물러설 수도 없는 생의 끝점
어떻게 저리도 태연할 수가 있을까

어디로 튈지 모를 다음 착지에
먹이를 낚아채려는 사자의 눈처럼
뷰파인더에 꽂힌 눈 떼지 못한다
찰나를 집어삼키려는 셔터 위의 손끝

---

* 앙리 카트리에 브레숑(프랑스 사진작가)의 절묘하게 담아내는 '결정적 순간'
에서 따옴.

숨죽이며 기다리는 결정적 순간

앗!

억새꽃 붓놀림

은발 휘날리며 붓질하는 억새꽃

서슬 퍼런 바람에
고개는 숙일지라도
아부하는 일 없고

흔들리다 못해 눕기까지 하지만
바람이 한눈팔 때면
어김없이 다시 붓을 세운다

갈대꽃보다 더 가을을 빛내는 억새꽃
산전수전 다 겪고
노년을 가꾸는 노신사

해 질 무렵의 역광
솜털처럼 눈부시게 은발이 금발 되어
다가오는 가을 서정

붓 봉처럼 피워낸 억새꽃

바람의 갈채에 너울너울 춤추며

억세게 살아온 억새의 한 생

자서전 쓰는 붓놀림에 속도가 붙는다.

여백을 남기다

— 추사의 '세한도'에 부쳐

송곳처럼 가슴을 찔러대던
탱자나무 가시울타리
힘센 붓질로 날려버렸다
얼마나 고독의 형벌이 길었으면
흔적도 없이 눈밭으로 묻어버렸을까?

한 채의 집과 고목 몇 그루가 고작인
절제와 간결의 붓놀림
주위가 텅 빈 것 같지만
반달도 마음의 눈으론 온달이듯
보는 이의 마음 붓이 나래를 펼칠 무대

화려함도 없고 원근법도 맞지 않는,
있는 그대로를 베껴낸 것도 아닌,
회화의 기교를 뛰어넘어
제주도 유배 그 고뇌에 찬 속내를
오롯이 담아낸 지조 높은 뜻 그림

몸은 비록 시리고 얼어붙었지만
하늘로 치솟는 올곧은 기개
고목이 어찌 저리도 꼿꼿할까?
떨고 선 송백松柏, 푸른 빛을 토한다
선비의 몸속, 피돌기가 더욱 푸르다

거칠고 마른 붓질
진했다 여렸다 하는 먹빛
주변을 비워 둔 여백의 아름다움
높았다 낮아지고 길었다가 짧아지며
꼬리를 잇는 바람 소리 새소리

이젠 내 화폭에 이것저것 마구 담는
선을 넘는 욕심 줄여야겠다
세한도! 그것은 문인화의 본本
떠오르는 시상 먹빛에 담고
보는 이의 몫,
여백만은 남겨둘 일이다.

131

강아지풀

고요를 간질어 바람의 잠 깨우는 너
살랑살랑 몸 흔들어 일으킨 나비효과
남태평양으로부터 태풍을 몰고 온다고

힘센 편에 빌붙어 굽신거리며
아부할 때면 얄밉기도 하지만
거센 바람에도 꺾이지 않고 휘어질 뿐인 너

복슬복슬한 꼬리로 부리는 애교
귀엽기도 하고 위기를 벗어나는
지혜로움도 가졌잖아

그래도 재롱떨며 내 살갗 어루만질 때면
간지럼 타면서도 싫진 않았지
넌, 나의 귀염둥이 강아지풀

시치미

먹구름 몰아내고
파란 속내 드러낸 저 하늘이 묻는다
"언제 장마였었냐"고

반백일, 그 긴 물난리
앗아간 목숨
할퀴고 간 삶의 터전

우린 어찌하라고 저렇게
염장 질러대며
시치미를 떼고 있을까?

하긴,
해맑은 푸른 저 얼굴
반갑고 고맙기 이를 데 없지만

눈 못 감는 백비白碑*

글씨 한 자 없는 흰 빗돌
조선 선비 아곡 박수량**의 묘소 앞

사십여 년 관직 생활
올곧게 살아 온 청백리
사후, 그의 청백 정신에 행여 누가 될까?
비문 한 자 새기지 않고 왕이 내렸다는 백비

끓이지 않고 불거지는 코를 찌르는 악취
끓어오르는 공분 뜨겁게 번져나가는
수렁으로 빠져들 것만 같은
오늘의 공직 울타리 안

이 판국 지켜보면서
눈 감을 수 있으려나? 아곡의 백비

---

* 백비白碑 : 전남 장성 박수량의 묘소에 세워진 명종이 하사했다는 흰 빗돌.
** 아곡我谷 박수량朴守良(1491~1554): 장성 출신, 조선 명종 때 호조·예조·형
조·공조판서, 한성부 판윤, 의정부 좌우 참판, 함경 전라 관찰사를 지냄.
두 번에 걸쳐 청백리에 오름.

시샘 2

놈은 몹시
배가 아픈가 봐

새하얀 피부의 백목련을 보곤
약이 올라 참지 못하는

얼핏 봐선
노란 목련인가 했더니
여기저기 멍든 자국

고엽제 폭탄 얻어맞은 듯
저리도 누렇게 황달이 든

아마도 꽃샘추위는
속이 검은 놈인가?

카메라맨의 눈으로 사물을 보고, 그것을 시의 언어로 풀어내는 이

이승하(시인, 중앙대 교수)

'나는 자연인이다'라는 텔레비전 프로그램이 있다. 도시를 떠나 자연에 파묻혀 사는 사람을 두 개그맨이 교대로 탐방, 자연에 파묻혀 사는 모습을 취재한 그 프로는 500회가 넘었다. 장수 프로인 것이다. 번잡한 도시를 떠나 자연에 들어가 사는 모습을 화면에 담은 그 프로에 나오는 사람들은 특징이 있다. 과거에 몸이 아팠거나 마음에 상처가 있어 자연의 품 안으로 자의 반 타의 반, 작정하여 들어간 것이다. 자연 속에서 살아가면서 의식주 가운데 식과 주를 스스로 해결하다 보니 자연히 몸과 마음이 건강해져 나날을 아주 즐겁고 보람있게 살아가게 되었다는 다소 뻔한 스토리다.

박병원 시인의 제2시집 해설을 쓰는 자리에서 왜 엉뚱하게 그 프로를 들먹이느냐 하면, 박 시인이야말로 자연의 품 안에서 살아가는 사람이기 때문이다. 하지만 움막집에서 살거나 사회와 단절된 채 스스로 식사 준비를 하는 식의 자연인은 아니다. 꽤 연세가 드셨음에도 불구하고 컨테이너 농막에서 그림을 그리고 글씨를 쓰고 사진 작업을 하고 시를 쓴다. 수백 평 농사를 짓는다. 서예와 문인화, 그리고 사진 세 분야에 걸쳐 개인전과 단체전을 여러 차례 열어 이미 그 방면에서 이름을 공고히 한 지 오래되었다. 새마을연수원장으로 공직생활을 마치고 은퇴한 이후 어찌 보면 더 바쁘게 살아가고 있다. 건장한 청·장년도 농사를 수백 평 짓는 것은 힘에 부칠 텐데, 박병원 시인은 농사를 본격적으로 짓고 있다. 비료를 몇십 포대씩 사고 몇 날 며칠 씨를 뿌리고 한 주 내내 수확을 한다. 시집의 제1부에는 바로 농사꾼 박병원의 일상이 담겨 있다. 농사를 짓다 보니 날씨에 민감한 것은 당연지사다. 일기예보를 귀담아듣게 되고 눈을 뜨면 하늘부터 바라본다. 그런데 방해를 놓는 놈이 있다.

그동안 네가 한 짓은 다 잊었어
텃밭에 친 그물망 울타리
어둠 틈타 이빨로 끊고, 밀어붙이고
땅 파고 쳐들어와 텃밭 가족 해코지했던

고구마 농사 쑥대밭 만들고
밑동 잘라 쓰러뜨린 뒤
그 많은 옥수수 몽땅 해치웠잖아
머리도 좋더라, 멧돼지 바로 네놈은

참다못해 울타리 위에 올라앉은 난,
낮에 들이마신 햇빛 에너지로, 이 밤
깜빡이 내뿜는 태양광 경광등
눈에 불을 켜고 텃밭 지키는

—「텃밭 불침번」 부분

멧돼지란 놈이 나타나 고구마 심어놓은 밭을 그야말로 쑥대밭으로 만들고 옥수수 농사도 완전히 망쳐버렸다. 거지반 자랐을 때 나타나 헤집어 놓았으니 얼마나 가슴이 아플 것인가. 그런데 멧돼지를 퇴치하기 위해 시인이 사용한 것은 올무도 아니고 엽총도 아니고 태양광 경광등이다. 사방천지를 대낮처럼 환하게 밝혀 놓는 것으로 멧돼지를 물리치려고 한다. 자, 그런데 놀랍게도 멧돼지에게 신세를 지는 사건이 일어난다.

노다지를 만난 것처럼
칡뿌리 채굴 중인 멧돼지
소형 굴착기로 파낸 듯, 움푹 파였다
뿌리 도둑맞은 칡넝쿨, 고엽제에 피폭된 듯
말라비틀어진다

그제야
뒤엉켰던 울타리 바람이 통하고
줄지어 선 엄나무들 숨통 트인다
옥죄던 전신주 감전 꼬투리 사라지니
환해지는 농막
　　　　　　　　　　—「멧돼지 신세 톡톡히」 부분

　칡넝쿨이 밭둑에 선 전신주를 타고 올라가 위험한 지경
에 이르렀는데 멧돼지가 나타나 칡을 뿌리까지 파먹어 칡
넝쿨이 "고엽제 피폭된 듯" 말라비틀어지게 되었다. 그 덕
에 전신주 감전 공포가 사라진 농막에서 살아가게 되었으
니 상부상조가 되었다는 얘기다. 어느 지역에서는 엽사들
을 동원해 멧돼지 가족을 일망타진하기도 하나 본대 태조
산 아래서 농사를 짓는 박 시인은 경광등 정도로 대처하고
있는 모양이다. 부디 그놈의 멧돼지들이 경작지의 일부만
해치고 몽땅 거덜내지는 말기를 바란다.
　농사를 방해하는 것은 멧돼지만이 아니다. 비둘기와 새

까지 날아와 참깨를 먹고 가고, 고라니도 가끔 나타나 실
례를 한다. 그런데 이들 생명체를 바라보는 화자의 시선은
날이 서 있지 않고 부드럽다. 너희들도 먹어야 살지, 하는
생각인 듯하다.

　농사꾼은 날씨에 민감하다고 앞서 언급했는데, 첫가을
에 오다 말다 하는 장마는 농사에 별 보탬이 되지 않는가
보다.

　　　　햇살 삐죽 빗발 찔끔
　　　　약 올리는 건들장마

　　　　애써 가꾼 붉은 고추
　　　　파고드는 고약한 습진

　　　　태양초 못 만들면
　　　　저 물건 어디에 쓸꼬

　　　　　　　　　　　　　　　　　　　　　　　　─「건들장마」 전문

　보통 농사꾼들은 비를 보배처럼 여기는데 이놈의 건들
장마는 거의 다 익은 고추에 고약한 습진을 가져온다. 잘
익은 고추를 햇볕에 잘 말려 태양초를 만들고, 그것을 빻
아 고춧가루를 만들어야 하는데 아주 패씸한 훼방꾼이 건
들장마다.

지난해 11호 태풍 힌남노가 8월 28일에 발생하여 9월 6일에 소멸했는데 그때 바람이 엄청났다. 사람과 차가 날아갈 정도의 초특급 태풍이었다. 농부는 비닐하우스에 있던 참깨며 단호박은 물론 붉은 고추까지 농막 창고로 급히 옮긴다. 그런데 태풍이 지나간 뒤에 비닐하우스로 달려가 보니 날아간 줄 알았던 비닐하우스가 그대로 있는 게 아닌가.

경주 포항을 할퀸 뒤
동해로 빠져나갔다는 뉴스 특보
날 밝자 서둘러 달려가 본 텃밭
멀쩡하게 서 있는 비닐하우스

고맙기 그지없지만
되돌려받기 어찌 이리 쑥스러운지
재해로 아파하는 이웃들이 눈에 선해
　　　　　　　　　　— 「되돌려받기 쑥스러워」 끝부분

얼마나 꼼꼼하게 비닐하우스를 매 놓았으면 그 강력한 힌남노 태풍에 날아가지 않고 버텨준 것일까. 그런데 농사꾼인 박병원 시인은 그 태풍으로 피해 입은 이웃 생각에 가슴이 아프다. 이런 마음이 바로 농심이 아니랴. 밭에서 가꾸는 작물을 보니 고구마, 옥수수, 고추, 참깨, 단호박 외에도 엄나무 순, 석류, 오디, 눈개승마, 노란 수박, 대봉감 등 한두 종이 아니다. 아마 직접 여쭤보면 훨씬 많은 농작물의 이름을 댈 것이다. 그런데 이렇게 대단위로 농사짓는 이유가 「귀거래사」를 쓴 도연명처럼 심심파적도 아니고 금전적 이익을 얻으려는 마음에서도 아니다. 나무와 만나는 것이 좋기 때문이다.

> 나무는 알고 있었나 보다
> 잎새 짙푸르던 그때 이미
> 메마른 겨울 혹한이 오면
> 몸 안에 지닌 물은 가두고
> 수분을 헤프게 빨아들이는 잎은
> 떨궈야만 살아남는다는 것을
>
> 가지에서 잎자루로 이어지는
> 통로에 켜켜이 쌓인 부름켜
> 몸 안에서 빠져나가는 수분을 막으며
> 알록달록 치장하는 이파리
> 팽팽하게 날을 세우며
> 한껏 제 세상 뽐내다가도
> 마음 풀어 스스로 추락하는
> 이렇듯 미련 없이 떨어져 나가는
> 저 아름다운 이별의 몸가짐
>
> —「떨켜」 앞 2연

낙엽이 질 무렵, 잎자루와 가지가 붙은 곳에 생기는 특수한 세포층인 떨켜는 생명의 신비를 말해주는 증거물이라고 할 수 있다. "철철이 겹쳐 입은 몸 벗어 던진 알몸"인 떨켜를 보면서 박 시인은 "겨울 볕 쬐며 엄동을 나는 지혜"를 배운다. 그래서 떨켜는 시인에게 "내 삶을 이끄는 화두"가 된다. 사람이 식물로부터 삶의 지혜를 배운다는 것은 쉽지 않은 일이다. 그 사람이 겸손하기 때문이다.

제2부의 시에는 현재의 삶과 과거의 역사가 담겨 있다. 충남 천안시 소재 해발 421미터의 태조산 아래에 있는 각원사 부근에 밭과 집이 있나 보다. 그런 곳에 살다 보니 매일 범종 소리를 듣게 된다.

아침에 스물여덟 번, 저녁에 서른세 번
끊일 듯 이어지는 일깨움의 저 종소리
장엄하게 울려 퍼지는 밝고 맑은 법음法音,
사자후를 토하는 큰스님 설법처럼

지혜의 싹 틔우려는 불자들
마음 밭 종이 삼아 종소리 사경寫經한다
절 아래 연못, 먹이 다툼하던 왜가리들도
긴 부리 붓 삼아 수면에 따라 적는다

태조산 범종루에서 목청 열어 펼친 긴 세월

하루도 거르는 일 없는 성스러운 큰 울림

괴로움 떨쳐내고 깨우침 간절한 불자들

귀 밝게 열리는 각원사 범종 소리

— 「각원사 범종 소리」 앞 2연

매일 아침저녁으로 범종 소리를 듣다 보니 인생살이의 괴로움도 떨쳐낼 수 있고 귀도 밝게 열린다. 즉, 마음에 큰 수양이 된다. 삶의 터전이 사찰 바로 밑이라서 그런지 불교적인 색채가 짙은 시가 여러 편 보인다.

바람결 타고 오는 산사의 풍경 소리

한 발 한 발 나를 찾아가는 길

느림의 멋 부리며 에움길을 걷는다

미움과 시샘의 숨 막히는 도가니 속

찌든 숨길 트고 닦는

태조산 푸른 솔바람 길

— 「푸른 솔바람 길」 끝 2연

좌불상 백팔 계단 밑 작은 연못, 하늘과 경계 긋는 날렵한 능선이 빼어난 다리 맵시 뽐내는 나무와 흘러가던 몇 점의 조각구름까지 못 속으로 뛰어들어 선방禪房 꾸린다

이른 새벽, 바람이 잠든 수면 위로 한 치 일그러짐 없이 뛰어

든 선객禪客, 정직을 못 속에 드리운 체 미동도 하지 않고 면벽 참
선 중이다 비록 물구나무를 서긴 했지만

—「물그림자」부분

각원사 설법전 기와지붕 위
소복 내려앉은 간밤의 첫눈

(······)

추녀 밑, 바다에 부딪히는
낙숫물 소리,
감로법甘露法 설하는
마음 밭 가는 소리

—「낙숫물 소리」부분

이와 같이 시인은 이른 새벽에 일어나 밭에 나가기도 하
지만 각원사와 태조산 일대를 산책하면서 상념에 잠기기
도 한다. 각원사 설법전 기와지붕의 눈이 녹아서 떨어지는
낙숫물 소리에 마음 밭을 가니, 현실의 밭과 마음의 밭은
다 가는 것이 시인의 일과다.

자연에 있는 것들은 참 자연스럽다. 그런데 실화나 방화
로 아름다운 자연이 죄다 타버리는 일이 얼마나 많이 일어
나는가. 시인은 자연 속에서 나를 찾고, 느림의 멋을 알게
되고, 정직을 배운다. 그런데 어떤 날은 카메라를 들고 자

연의 신비로움을 카메라에 담는다. "찰칵! 셔터를 누르자/ 대낮임에도 밤하늘처럼/ 검게 표정 바꾼 수면"(「윤슬 1」)이 고, "찰나를 잡아채는 카메라 셔터 소리, 여명을 깨우며 낚아 올리는 대어"(「물그림자」)다. 또 "포토제닉한 소나무 등걸 도드라지자/ 순간을 놓칠세라 터지는/ 카메라 셔터 소리, 여명을 깨운다"(「새벽안개」)는 등 새벽 숲을 헤치고 다니는 사진작가 박병원의 모습을 이들 시를 통해서 보게 된다. 카메라를 든 사진작가의 모습은 제3부의 시편에서 본격적으로 보게 되는데, 제2부의 시 가운데 독특한 몇 편이 있어서 언급해보고자 한다. 실화일 것이다.

> 육이오 때, 마을은 인민군에 점령당했고
> 피난길에 오르지 못한 우리 가족
> 숨소리 한 번 제대로 내지 못하는
> 포로 아닌 포로의 신세
> 명줄만 잡고 있었던 불안과 공포
>
> 그렇게 석 달 버티고, 추석날 해 질 무렵
> 마을을 사이에 두고 벌어진
> 국군과 인민군 간의 전투
> 빗발치는 총탄을 비껴가며 겨우
> 방공호 속으로 몸만 피신한 처지
>
> 뒷산 요새에서 버티는 인민군을 상대로

잃었던 땅을 되찾으려는 국군
하늘에선 제트기, 바다에선 군함,
땅에선 박격포와 야포가 펼치는 육해공작전
불꽃 튀는 전투가 이어지던 사흘째 되던 날

—「명줄」전반부

시인의 고향 울진을 인민군이 점령했을 때 남쪽으로 피난을 못 갔으니 절체절명의 위기였다. 점령한 지 석 달이 지난 뒤 추석날 격전이 벌어졌다. 육해공으로 치열한 전투가 벌어진 지 사흘째 되던 날, 온 가족이 몽땅 목숨을 잃을 뻔한 사건이 일어난다.

쌍방 간 총성이 멎는 듯하더니 갑자기 꽝!
채 1m도 안 되는 거리에서 터진 수류탄
호 입구에 막아 둔 큰 보리 짚단 뭉치를 박살 내고
나왓! 소리와 함께 밀어닥친 총구들
생사는 방아쇠 조이는 1cm도 안 되는 거리

머뭇거리면 끝나버리는 절체절명의 순간
번개처럼 총구 싸잡고 뛰쳐나가는 아버지
피난 못 간 가족들 피신해 있었다는 아버지의 외침
적군의 잠복으로 오인했다는 국군의 해명
고생했다는 위로에 한없이 뜨거워지는 눈시울

불안과 공포의 붉은 장막이 걷히고
아군의 승리로 막을 내린 동부전선 울진 탈환전
삶과 죽음의 경계를 넘어선 아버지의 용단
오늘의 내 명줄 이어준 고귀한 선물
길이 대물림되어야 할 정신적 자산.

— 「명줄」 후반부

참호 속에 숨어 있던 일가족을 인민군으로 오인한 국군이 수류탄을 던졌다. 그리곤 총 세례를 퍼부으려는 찰라, "번개처럼 총구 싸잡고 뛰쳐나가는" 아버지가 외쳤다. "피난 못 간 가족들이 여기 피신해 있소!"라고. 아버지의 신속한 대처가 없었다면 일가족은 몰살당했을 것이다. "삶과 죽음의 경계를 넘어선 아버지의 용단"이 가족을 살려낸 것이다. 즉, 아버지가 '나의 명줄'을 잇게 하였다. 아버지에 대한 시는 2편 더 나온다. 「아버지의 호주머니」에서는 잔칫집에 갔다 올 때마다 호주머니에 떡과 과일 등을 잔뜩 넣어 갖고 오던 아버지에 대한 추억을 더듬고 있다. 「쓰고 난 대야」에는 "쓰고 난 대야는 깨끗이 부셔놓도록 해라. 다음 사람을 위해. 그게 너일 수도"라는, 아버지가 돌아가시기 전에 해준 말씀이 나온다. 가훈이나 유언으로 여기게 된 내력은 이런 것일 터이다. 나의 올바른 행동이 남에게 본이 되어야 하고, 남에게 폐를 끼쳐선 안 되고, 예의범절에 어긋나선 안 된다는 다층적인 의미가 내포되어 있는 말씀이다. 아버지의 그 말씀 덕분에 박병원 시인은 자신을 지켜올 수 있었던 것이 아닐까.

제3부의 앞부분은 고향 이야기다. 울진에는 관동팔경 중 가장 아름다운 누각인 망양정이 있다.

백두대간 떠받히고 선 금강송 숲

솔향 흘러넘치는 불영계곡

종유석 울림 새어 나오는 성류굴

끝 모를 푸른 파도 굽어보는 망양정

은어 떼 거슬러 오르는 왕피천

해맞이 고장이 날 부르는 소리

귓가에서 보채고 있건만

―「은어는 모천으로 돌아가는데」 제2연

해와 파도 벗 삼아

걸어온 해파랑길

누각에 올라

맺힌 땀 훔치며 동해를 굽어보니

살아 꿈틀대는 푸른 바다

안기고 싶은 드넓은 품

뻥 뚫어주는 답답했던 가슴

삿된 욕심까지 내려놓게 한다.

―「망양정에 오르니」 끝부분

카메라맨의 눈으로 사물을 보고, 그것을 시의 언어로 풀어내는 이   149

정철의 「관동팔경」은 망양정 묘사가 끝 문장 바로 앞에 나오는데, 이렇다. "텬근天根을 못내 보와, 망양뎡의 올은 말이 바다 밧근 하늘이니, 하늘 밧근 므서신고." 정철도 반했던 그 망양정을 오르내리면서 살았던 시인은 세파에 시달리면서도 계속해서 은어처럼 고향 회귀를 꿈꾼다. 시인은 독자에게 동해안 올레길인 해파랑길도 소개해준다. 아아, 울진이 낳은 시인이 바로 박병원 시인이다.

문어의 맛은 고향의 맛인데 문어는 한자로 '文魚'라 쓴다. 그래서 "서예가에겐 문방사우로/ 잔칫상엔 술안줏거리로/ 시인에겐 글감으로" 찾는 이가 많아서 문어는 죽어서도 이름값을 날리고 있다. 시인은 어느 날에는 "백두대간의 허리 감싸안은/ 울진 소광리 금강소나무 군락지"(「허리가 강단지다」)에도 가고, 인천 동구 동인천역 뒤에 있는 수도국산 달동네 박물관에 가서 "만수산 자락으로 쫓겨나/ 게딱지 같은 작은 둥지 틀고 산 사람들"(「달동네 박물관」)의 생활상을 보기도 한다. 제주도에 가서는 여러 장의 사진 작품을 건지고 왔을 것이다.

> 축구장 절반 크기의 벙커 속
> 은은하게 밀려오는 관악의 합주
> 벽과 천장 그리고 바닥에까지

천의 색깔로 수놓는 그림들

빔프로젝터를 타고 펼쳐지는
구스타프 클림트의 현란한 붓놀림
때로는 느리게 때로는 빠르게
검은 화폭에 밝은 빛의 춤판 벌어진다

— 「벙커의 빛 잔치」 부분

　이 시는 제주도 서귀포 쪽에 세워진 큰 벙커를 몰입형 미디어아트로 개조하여 구스타프 클림트의 그림을 빔프로젝터로 보여준 곳에 다녀와서 쓴 것이다. 그림을 빛으로 보여주었으니 얼마나 현란할까 상상이 잘 가지 않는다. 박병원 시인은 "채색 물감의 그물망에 온몸 사로잡히자/ 그림과 음악과 하나 되어 빛을 토한다."라고 표현했다. 그림보다 더욱 현란한 공감각적인 표현이다. 한라산 기슭 산굼부리에 있는 맛집에 가서 "양도 맛도 모두가 넘쳐나는" '안다미로'를 먹고 온 적도 있었다. FAO의 세계중요농업유산으로 등재된 제주 밭담을 소재로 해서 시를 쓰기도 했다. 물론 사진도 듬뿍 찍어 왔을 것이다. 사진작가 박병원은 안나푸르나의 푼힐로 오르는 가파른 고개에 오르기도 했고 한적한 아이슬란드 해변에서 북극광 사냥에 나서기도 했다. 섭씨 40도를 웃도는 사막의 도시 두바이에서 보게 된 정원이 두산중공업이 만든 거라고 알고서 깜짝 놀라기

도 했다. 마다가스카르섬 동쪽에 있는 레이니옹 섬의 사탕
수수밭에도 다녀온 것 같고 몽골 최북단에 있는 홉스굴에
도 촬영차 다녀왔나 보다. 사진만 찍어 온 것이 아니라 이
와 같이 낯선 세계에 가서는 꼭 시를 썼다. 이제 박병원 시
인은 시, 서, 화에 사진까지 첨가되어야 한다.

이제 제4부의 시편을 볼 차례인데 놀랍게도 현실참여시
가 있다. 아래 인용하는 시는 이 땅에서 정치를 잘 못하는
정치인과 잘못된 정치를 꾸짖는 저항의 언어다.

> 돈이면 안 될 게 없다는 바람에 뇌물 오가는,
> 관행이라 우기는 바람에 법망 비켜 가는,
> 개발정보 미리 알아채는 바람에 땅 투기하는,
> 집값 잡겠다고 세금 때리는 바람에
> 눈물 바람나게 하는, 그런 바람……
>
> —「바람의 공화국」 제3연

대한민국을 "바람이 잠들지 않는 공화국"이라고 했다.
"알갱이 날려버리는 바람", "이중 잣대 들이대는 바람", "정
신 나간 바람", "날뛰는 바람"에 "바람 불고 바람 잡고,/ 바
람나고 바람들고/ 바람피우고 바람맞는" 바람의 공화국이
다. 끝 모르게 꼬리 물고 이어지는 잠들지 않는 공화국은
이명박 대통령 때나 박근혜, 문재인 대통령 때나, 지금 윤
석열 대통령 때나 마찬가지다. 하지만 시인은 노골적으로

비판하지 않고 우회적으로 비판한다. 즉, 현실풍자시를 쓰고 있다. "한 번 걸려들었다 하면/ 유전무죄 특급처방으로도/ 결코 녹여낼 수 없는 끈끈한 줄"(「거미줄」) 같은 구절도 정치풍자의 일환으로 쓴 것이다. 선거 때 복ㅏ자가 각인된 기표 용구를 잘 사용하되, 무효표가 안 나오게끔 하자고 다음과 같이 권유하기도 한다.

> 늘 당하고만 있어야 맛이겠느냐
> 주인 된 참맛, 솜씨 껏 뽐내며
> 살맛 나는 내일을 맛보아야지
> 그게 곧 올바른 우리네 눈맛도 되지 않겠나?
>
> 어디 입맛만 다신다고 맛이겠느냐
> 동그라미 안 점 복ㅏ자로 손맛 보여줘야지
> 다시는 고양이에게
> 생선가겔 맡길 수야 없지 않겠어.
>
> ― 「맛」 후반부

대통령이든 국회의원이건 잘못 뽑았을 때 국민이 당하는 고통을 잘 알기에 시인은 이번에는 신중히 잘 뽑아야 한다고 위와 같이 역설하였다. 그런데 고양이가 과연 누굴까? 팬데믹 상황을 다룬 시도 여러 편 보인다.

숙져 가는 낌새,
안개 속에 가려진 코로나19
멈춰버린 소중한 일상
우울, 불안, 무기력이 허우적대는 수렁
자꾸만 떨어지는 우리네 살맛

— 「양념」 제2연

올해는 지구촌 덮친 '코로나19'가
저 멀리 밀어내고 만
천안 삼거리 흥타령 춤 축제
— 「천안 삼거리 흥타령」 제4연(3부)

　자, 이런 상황에서 우리는 어떻게 해야 할까? 시인은 다소 엉뚱하게 '눈'의 기능에 대해서 얘기한다. 코와 입은 마스크 뒤에 숨어 있지만 눈은 똑바로 뜨고서 세상을 직시해야 한다고 이렇게 주장한다.

애처롭기 그지없는 팍팍한 삶에,
볼썽사나운 정치판 싸움에,
피곤하고 침침해지기만 한 눈
미세먼지 뒤덮인 뿌연 하늘 아래
좀비처럼 살아가는 눈

인류사에 그 유래를 찾기 힘든

이 큰 전쟁,

눈, 네가 바로 최일선을 지키는 첨병尖兵

나, 이 전쟁 끝나는 그 날, 북소리 크게 울리며

생물학전을 승리로 이끈 눈, 너에게

무공훈장을 수여해야겠다.

— 「최일선을 지키는 눈」 후반부

　눈이라도 똑바로 뜨고 있으면, 정신을 바짝 차리고 백신 개발에 박차를 가하면, 이 끔찍한 팬데믹 상황을 이길 수 있을 거라고 우리에게 용기를 주고 있다. 역시 카메라 렌즈를 통해 세상을 보고 있기에 이 시를 쓴 것이리라. 사진을 찍고 있어서 그런지 순간 포착의 능력이 뛰어나다. 그래서인지 박병원 시인의 시는 촌철살인에 가깝다.

　이제 마지막으로, 시집의 제목이 된 시를 살펴보고자 한다. 프랑스의 유명한 사진작가 앙리 카트리에 브레송(1908~2004)은 자신은 늘 '결정적 순간'(The Decisive Moment)에 사진을 찍는다고 말했다. 작년 예술의 전당 한가람미술관에서 그의 사진집 『결정적 순간』 출간 70주년 행사를 했을 때, 그 사진전의 이름도 '결정적 순간'이었다. 박병원 시인도 사진을 찍을 때 앗! 하는 순간에 셔터를 누른다.

머리 위에서 조금 비켜선 태양
반직각으로 하늘을 향해
가파르게 솟은 좁고 긴 널빤지의 끝
한 발은 들고 외발로 서 있는 저 신사
황금 분할 구도의 결정적 순간이다

태양을 바라보며 임팩트하게
시선을 압도하는 저 검은 실루엣
날아오를 수도, 뛰어내릴 수도
그렇다고 물러설 수도 없는 생의 끝점
어떻게 저리도 태연할 수가 있을까

어디로 튈지 모를 다음 착지에
먹이를 낚아채려는 사자의 눈처럼
뷰파인더에 꽂힌 눈 떼지 못한다
찰나를 집어삼키려는 셔터 위의 손끝
숨죽이며 기다리는 결정적 순간

앗!

―「결정적 순간」 전문

앗! 하는 순간은 사진 작품이 탄생하는 순간이면서 시적 영감이 떠오르는 순간이다. 시인은 "숨죽이며 기다리는 결정적 순간"에 "찰나를 집어삼키려는 셔터 위의 손끝"을 누른다. 아마도 시인은 앞으로도 전국 방방곡곡을, 세계 곳

곳을 다니면서 결정적인 순간을 노려 셔터를 누를 것이다. 또한 그 순간의 감동을 시로 재현해낼 것이다. 디카시를 열심히 쓰고 계신 것으로 아는데, 디카시집은 사진작가 박병원 시인의 진면목을 보여줄 것이다. 이 시집의 시편도 골방에서 쓴 것은 없다. 밭에서, 여행지에서, 산책길에, 찍은 사진을 집에 와서 보며 쓴 것들이다. 카메라맨의 눈으로 사물을 보고, 그것을 시의 언어로 풀어내는 이가 바로 박병원 시인이다.

박병원

경북 울진 출생. 연세대 경영대학원 경제학 석사.
2014년 『다시올문학』으로 등단. 2019년 제6회 다시올문학상 수상.
시집 『카메라도 눈 멀어』.
대한민국미술대전, 대한민국문인화대전 초대작가.
새마을운동중앙연수원 교수, 원장 역임.
한국문인화협회 자문위원, Post Photo Group 회원.
〈서예 문인화 개인전〉 서울 덕원갤러리(2000), 〈사진 초대전 HARMONY〉
서울 갤러리 인덱스(2014).
현재, 천안 태조산 골짜기에서 텃밭 가꾸기 중.

서정시학 시인선 203

숨죽이며 기다리는 결정적 순간

2023년 7월 31일 초판 1쇄 발행

지 은 이 · 박병원
펴 낸 이 · 최단아
편집교정 · 정우진
펴 낸 곳 · 도서출판 서정시학
인 쇄 소 · ㈜ 상지사
주 소 · 서울시 서초구 서초중앙로 18, 504호 (서초쌍용플래티넘)
전 화 · 02-928-7016
팩 스 · 02-922-7017
이 메 일 · lyricpoetics@gmail.com
출판등록 · 209-91-66271

ISBN

계좌번호: 국민 070101-04-072847 최단아(서정시학)
값 13,000원

* 잘못된 책은 바꾸어 드립니다.

서정시학 시인선